INSTITUT DE FRANCE.

ACADÉMIE FRANÇAISE

DISCOURS

PRONONCÉS DANS LA SÉANCE PUBLIQUE

TENUE

PAR L'ACADÉMIE FRANÇAISE

POUR LA RÉCEPTION

DE M. JURIEN DE LA GRAVIÈRE

Le jeudi 24 janvier 1889

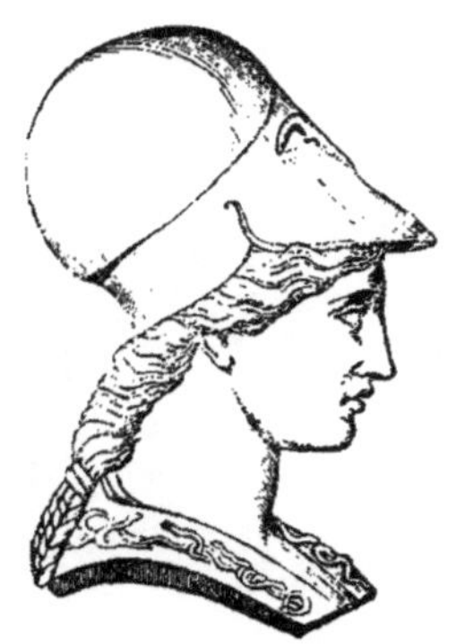

PARIS

TYPOGRAPHIE DE FIRMIN-DIDOT ET Cie

IMPRIMEURS DE L'INSTITUT DE FRANCE, RUE JACOB, 56

M DCCC LXXXIX

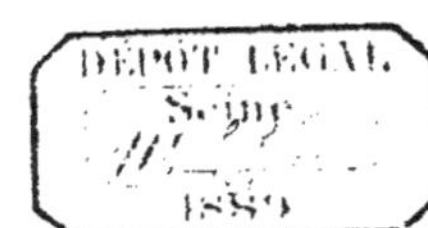

INSTITUT DE FRANCE.

ACADÉMIE FRANÇAISE.

M. Jurien de la Gravière, ayant été élu par l'Académie française à la place vacante par la mort de M. le baron de Viel-Castel, y est venu prendre séance le jeudi 24 janvier 1889, et a prononcé le discours suivant :

Messieurs,

En m'ouvrant les rangs de votre illustre Compagnie, vous m'avez conféré un honneur que je considère à bon droit comme la plus haute récompense à laquelle il m'ait jamais été permis d'aspirer. Fier de vos suffrages, je devrais peut-être me contenter de les avoir obtenus : les félicitations de mes trop bienveillants confrères de l'Académie des Sciences ont failli me donner un instant l'illusion de les avoir mérités.

Quels titres m'ont donc valu cette distinction que tant d'écrivains de premier ordre ambitionnent? M. de Viel-Castel occupait la place laissée vacante, il y a dix-sept ans, par M. le général de Ségur : vous en seriez-vous par hasard souvenus? Je n'aurai pas la présomption de le croire. Si, dans votre pensée, le fauteuil de M. de Ségur devait revenir un jour à l'armée, il ne fallait pas donner pour héritier à M. de Montalembert le vainqueur de la Smala. M. de Ségur n'était pas, en effet, de ces hommes à qui notre génération pût aisément fournir un successeur. Il avait vécu dans un temps où tout — hommes et choses — prenait, comme les plantes que le ciel des Tropiques voit grandir, des proportions gigantesques. Les rayons d'Austerlitz caressèrent sa jeunesse. Est-ce notre faute si le soleil est devenu plus pâle? Ayons du moins l'esprit de notre fortune. Ne pouvant être grands, soyons simples. L'emphase n'est permise qu'à ceux qui reviennent du royaume de Porus ou d'Égypte.

Je n'ose revendiquer qu'un trait qui me soit commun avec l'illustre prédécesseur de M. de Viel-Castel. « Quand l'injuste arrêt des dieux eut renversé l'empire de Priam, quand le sol fut jonché des ruines fumantes de Troie », le général de Ségur chercha dans l'étude l'unique consolation à laquelle consentît à s'ouvrir son âme : il écrivit l'*Histoire de la Grande Armée*. Après la catastrophe dont nos cœurs saignent encore, je me suis efforcé d'imiter ce salutaire exemple : j'ai porté mes dieux Lares aux Archives de la marine.

Depuis cette époque, dix-huit ans se sont écoulés. Je me garderai bien d'appeler ces jours consacrés au travail des jours sacrifiés et perdus : ne leur dois-je pas l'inappréciable avantage d'être devenu votre confrère? Vous m'avez accueilli... gracieusement accueilli... tout entier, je l'espère, ... avec mes souvenirs respectueux et fidèles. J'ai doublement sujet de vous remercier.

Je n'insisterai pas. La politique doit s'arrêter au seuil de cette enceinte. Si j'avais eu l'imprudente pensée de l'y faire pénétrer, j'aurais voulu du moins qu'elle se présentât devant vous tête haute; je n'aurais jamais essayé de l'introduire sous votre sereine coupole par la porte basse de l'allusion.

La marine, je puis le dire hardiment, m'a vu avec plaisir solliciter vos suffrages. Je ne suis pourtant pas, comme on l'a dit à tort, le premier marin qui ait fait partie de l'Académie française. Avant moi, en 1715, Victor-Marie d'Estrées, duc, pair, maréchal, vice-amiral de France, chevalier des Ordres du Roi, grand d'Espagne, est venu s'asseoir dans le huitième fauteuil où l'avait précédé son oncle, le cardinal César d'Estrées. Il ne faut pas confondre l'élu de l'Académie avec le vice-amiral qui combattit Ruyter dans la Manche et qui reprit Tabago sur les Hollandais. Victor-Marie d'Estrées, pour se distinguer de son père, Jean d'Estrées, prit, en 1703, le titre de duc de Cœuvres. Le 24 août 1704, il était aux côtés du comte de Toulouse dans cette grande bataille livrée, à la hauteur de Velez-Malaga, par cinquante vaisseaux français à cinquante-cinq vaisseaux anglais et hollandais. L'action, sanglante, acharnée le premier jour, se termina le lendemain par une retraite réciproque. L'avantage cependant nous appartenait. Ce fut encore une victoire manquée. Combien de ces victoires à demi gagnées avons-nous laissé, par défaut de jugement ou par défaut de persistance, échapper de nos mains, sans compter la journée du 13 prairial! Mais je ne suis pas venu ici pour faire la leçon à nos grands ancêtres maritimes : j'y suis venu pour honorer par un sincère et légitime hommage la mémoire du galant homme, de l'habile diplomate, du lettré délicat, à qui je succède.

J'ai eu l'honneur d'approcher, dans les dernières années de son existence, M. le baron Louis de Viel-Castel. Ces courtes relations n'auraient pas suffi pour me le faire bien connaître. M. de Viel-Castel, heureusement, a laissé derrière lui des notes manuscrites, des notes volumineuses, qui ne me semblent pas destinées à voir jamais le jour, dont la communication me permettra du moins de vous présenter, au lieu d'un portrait de fantaisie, un portrait que j'ai tout lieu de croire ressemblant : dans l'esquisse inédite où M. de Viel-Castel s'est peint lui-même, la fermeté un peu sèche du contour est bien loin, en effet, d'accuser — ce qu'on peut toujours craindre en pareil cas — une complaisance exagérée du peintre pour son modèle. La droiture de l'âme a fait ici la sincérité du pinceau.

Chez M. de Viel-Castel il y a deux hommes : le diplomate et l'écrivain. Occupons-nous d'abord du littérateur. A l'Académie, c'est justice. Les œuvres littéraires de M. de Viel-Castel comprennent vingt-six volumes. L'*Histoire de la Restauration*, à elle seule, en remplit vingt. « On ne fait pas de chefs-d'œuvre en vingt volumes », déclarait, il y a quelque temps, la voix d'un maître. Je n'y contredis point. Oubliez seulement, je vous prie, de combien d'in-dix-huit le candidat heureux qui vous apporte aujourd'hui l'expression de sa reconnaissance encombra, au mois de décembre 1887, votre bureau. M. de Viel-Castel nous a d'ailleurs fait voir qu'on peut, en vingt volumes, produire une œuvre des plus instructives et des plus intéressantes. Les amis du gouvernement parlementaire, — il en existe encore, — les partisans du gouvernement de la nation par elle-même, ne se contenteront pas de parcourir rapidement cet important travail, fruit de longues études, résumé de quinze années d'observations personnelles; ils en méditeront page à page les leçons. Nul document ne saurait mieux leur apprendre qu'on ne nourrit pas longtemps le vieux Saturne avec des cailloux.

M. de Viel-Castel n'est pas seulement pénétré de son sujet; confesseur — je n'ajouterai point, et martyr — de la foi qu'il a professée toute sa vie, il met à la répandre un zèle que l'indifférence d'une foule inconstante ne réussit pas à rebuter, une ferveur qu'aucun accident ne déconcerte. Je m'étonne vraiment qu'il n'ait pas eu l'idée d'intituler son livre : « *Comment la France manqua une belle occasion d'être libre.* »

L'amour de la liberté est le trait dominant de l'ouvrage, — de la liberté, du moins, telle que la conçoit notre auteur. M. de Viel-Castel ne veut adorer la déesse que sous les traits « d'une matrone grave et modeste ». Les cavales « indomptables et rebelles, sans mors d'acier et sans frein d'or », ne sont pas la monture que préfère l'aimable et sage écrivain. Le mot *exagération*, sans qu'il s'en aperçoive, revient, à chaque instant, sous sa plume. En politique, en littérature, en religion, le défaut de mesure lui est odieux. Philosophe chrétien, M. de Viel-Castel appartient avant tout à l'école du bon goût. A ce titre, Messieurs, vous ne pouviez guère refuser de l'admettre dans votre Compagnie.

C'est au fond une heureuse époque que celle où l'apparition d'une pièce de théâtre, d'une ode, d'une chanson, devenait un événement. Casimir Delavigne, « cet homme, me disait en 1833 un docte octogénaire, qui a pu ressusciter la tragédie classique et qui ne l'a pas voulu » ; Béranger, ce rhapsode dont la chaumière redit encore les chants : voilà mes deux grands souvenirs de collège. M. de Viel-Castel, dans ses concessions à la nouvelle école, ne me paraît pas avoir été beaucoup au delà. D'autres poètes vont venir ; de plus vigoureux génies gonfleront de leur sève puissante toute une littérature qui fera éclater le vieux moule. Ce n'est plus à cueillir des fleurs pour en orner *la guirlande de Julie* que songent les poètes ; encore quelques années et le salon de Julie d'Angennes sera devenu désert. Nous ne rencontrerons désormais que des révoltés rejetant d'un geste audacieux et superbe les entraves de soie ou serrant sur leur sein les chaînes brisées de Spartacus.

Les poètes et les hommes d'État se sont-ils jamais compris? Le roi-chevalier lui-même ne trouvait, le 7 août 1829, qu'un sourire pour répondre au jeune prophète en qui couvait déjà l'auteur des *Rayons et des Ombres*.

« Charles Dix, souriant, répondit : « O poète! »

Victor Hugo n'était pas bien loin pourtant d'être d'accord, en ces graves circonstances, avec M. de Viel-Castel.

Le chef-d'œuvre de M. de Viel-Castel, à mon sens, ce sont les deux volumes qu'il consacra, en 1846, aux deux grands ministres de l'Angleterre, lord Chatham et son fils. Il est impossible de mieux faire toucher du doigt à quel point l'intervention du génie est parfois nécessaire.

Un seul jour, dans la lutte suprême qui fixa ses destinées, l'Angleterre se sentit sérieusement en péril. Les flottes de Portsmouth, de Plymouth, de Sheerness, venaient d'arborer l'étendard de la révolte. Quand l'indiscipline se met dans les armées, c'est le dernier coup pour les peuples : ils ne s'en relèvent pas. Le sentiment de la légalité, sentiment qui gît au fond du cœur de tout Anglais, triompha de la crise. La paix se fit entre le Parlement britannique et les matelots de Georges III. Par malheur, elle se fit à nos dépens.

Le dernier ouvrage de M. de Viel-Castel, celui qui ne prit sa forme définitive qu'en 1882, l'*Essai sur le théâtre espagnol*, n'est pas, comme on pourrait le croire, le produit d'une verve expirante, la lueur suprême de la lampe qui s'éteint. M. de Viel-Castel en jeta les bases lorsqu'il n'était encore que simple attaché d'ambassade à Madrid. La *Revue des Deux Mondes* en avait eu, de 1840 à 1846, les prémices. Corneille et Shakespeare y auraient puisé des inspirations.

El señor don Luis, — c'est ainsi qu'au temps de l'ambassade de M. de Talaruc ses jeunes collègues se plaisaient à nommer M. de Viel-Castel, — a eu deux patries : l'Espagne et la France. Le spirituel transfuge n'excuserait probablement pas chez un poète français ce qu'il ne peut toujours se défendre d'admirer chez un poète espagnol. Il se laisse involontairement et presque à son insu séduire par « ce style tout étincelant de comparaisons et d'images », par « ces tableaux de la vie sociale la plus élevée et la plus exquise ». Lope de Vega, Montalvan, Guilen de Castro, Tirso de Molina, Calderon, Alarcon, Moreto, Rojas, ont successivement part à son enthousiasme, car — chose à noter — cet esprit, si sobre, si correct, si modéré dans tous ses jugements, devient enthousiaste dès qu'il a franchi les Pyrénées. Le scepticisme de lord Byron n'a pas mieux résisté à la toute-puissante influence.

L'Espagne, à coup sûr, est un beau pays, une terre enivrante : mais les plus beaux pays ne sont-ils pas toujours ceux que nous avons visités aux jours de notre jeunesse? Dans Lope de Vega, c'est surtout sa jeunesse que M. de Viel-Castel sent revivre. « Lope de Vega, écrit-il, excelle à retracer les agitations de l'âme, les émotions du cœur, les regrets de l'amour trompé. A la manière dont il peint les femmes, on sent qu'elles devaient être pour lui l'objet d'un véritable culte. Le charme dont il a su entourer ces ravissantes créations semble se répandre jusque sur la personne du poète et on est entraîné à aimer l'auteur de tant de fictions touchantes. »

Ce n'est pas là, il me semble, le style de l'*Histoire de la Restauration*, ni celui de l'*Histoire des deux Pitt*. Je pourrais, il est vrai, fort bien m'y tromper ; je serai toujours un pauvre critique. Les amis de M. de Viel-Castel auraient le droit de se plaindre de voir son remarquable talent d'écrivain si incomplètement apprécié.

Serai-je mieux en mesure de vous faire comprendre les services rendus par le diplomate?

La diplomatie française a eu, comme notre armée, ses grands jours. Elle est restée, même aux époques les plus désastreuses de notre histoire, une des gloires de la France. Il a toujours fallu un très rare assemblage de qualités morales pour constituer un bon diplomate. Brantôme n'y eût voulu que des militaires; nos rois préféraient, non sans raison peut-être, les évêques. En tout cas, une bonne diplomatie, c'est ce que les gouvernements nouveaux ont le plus de peine à se procurer. « Tant qu'on n'a qu'à prescrire, disait l'empereur captif à Sainte-Hélène, le premier venu suffit. Tout est bon. Peut-être même l'aide de camp est-il préférable. Dès qu'on en est réduit à négocier, c'est autre chose. L'aristocratie européenne est une espèce de maçonnerie. Un Otto, un Andréossi entreront-ils dans les salons de Vienne, aussitôt les épanchements cessent. Ce sont des intrus, des profanes qui ont pénétré dans le temple. *Les mystères sont interrompus.* »

Aux yeux de M. de Viel-Castel, le prince de Talleyrand a été le roi des diplomates. « Dépourvu, écrit-il, des facultés oratoires nécessaires à un ministre sous le gouvernement parlementaire, pour la politique extérieure, M. de Talleyrand n'avait pas de rivaux. Le souvenir de ses triomphes au congrès de Vienne était présent à toutes les mémoires. Là, représentant la France vaincue, la France déchue de l'immense puissance qu'elle possédait naguère et en butte aux rancunes de l'Europe presque entière, il avait su, par son habileté à profiter des dissentiments des cabinets coalisés contre nous quelques mois auparavant, par sa fière attitude, par son admirable présence d'esprit, prendre en quelque sorte d'assaut la première place. »

De grands hommes, de très grands hommes d'État, auraient été, suivant M. de Viel-Castel, souverainement déplacés dans la diplomatie. Il leur eût manqué cette souplesse d'allures, cette négligence affectée, sous lesquelles il convient souvent de cacher les graves préoccupations et les profonds desseins. C'est à peine si, malgré son admiration passionnée pour ces beaux caractères, pour ces esprits réellement supérieurs, M. de Viel-Castel consent à leur reconnaître les qualités qu'exige, à son avis, l'épineux exercice du gouvernement parlementaire. Il leur reproche « de ne se détendre jamais » ; il se permet de leur souhaiter, en soupirant tout bas, « l'art d'entretenir de choses indifférentes, avec une apparence d'abandon, les représentants d'une politique adverse, l'habileté d'introduire dans la conversation ce qu'on appelle un peu dédaigneusement *les commérages*, le don d'égayer ainsi l'entretien, de rendre les relations plus faciles et de diminuer les aspérités des conflits politiques ».

Qui donc vous a donné, monsieur de Viel-Castel, ces perfides leçons ? « Dans une visite que je fis à Vienne au prince de Metternich, en compagnie du duc de Laval, je fus fort étonné, nous raconte notre regretté confrère, de recevoir du prince une leçon de bilboquet. Il passa plus d'une heure à nous montrer des tours de cartes, à déployer sous nos yeux des caricatures venant de Paris, à repasser avec nous des souvenirs de théâtre. De telles frivolités, je dirai plus, de telles niaiseries, répondaient peu à l'idée que je me faisais de ce grand homme d'État. » Elles répondaient du moins aux conseils que nous recevions tout à l'heure. N'est-ce pas vous qui nous exposiez la nécessité de savoir, à l'occasion, « se jouer de l'interlocuteur avide de pénétrer le fond de notre pensée »?

Voltaire, avant M. de Viel-Castel, avait dit :

On sait lancer, rendre, essuyer
Des traits d'aimable raillerie;
Le savoir, de peur d'ennuyer,
Se déguise en plaisanterie.

L'aimable légèreté, — la légèreté française, — a, sans doute, son mérite. Une mâle fierté, l'honnête et respectable énergie d'une conviction profonde, n'en sont pas non plus dépourvues. On peut avoir infiniment d'esprit et trouver aisément dans l'arène diplomatique ou parlementaire son maître. N'est-ce pas quelque secrète rancune qui aura dicté les vers que l'auteur de la *Henriade* s'est plu à mettre dans la bouche du vieux Brutus? L'ambassadeur d'un roi, dit Brutus,

m'est toujours redoutable.
Ce n'est qu'un ennemi sous un titre honorable,
Qui vient, rempli d'orgueil ou de dextérité,
Insulter ou trahir avec impunité.

Ce terrible envoyé des rois, si redouté des âmes droites et naïves, est-ce avec des lazzis que vous en aurez raison! M. de Viel-Castel a montré, dans sa longue carrière, tout à la fois de l'esprit — du plus fin — et le sérieux qui convient aux grandes fonctions publiques.

Il vint au monde à Paris le 14 octobre de l'année 1800. Sa mère, une des plus belles personnes de son temps, était fille de la marquise de Lasteyrie, sœur de Mirabeau. Son père, chef d'une très ancienne famille du Quercy, d'une famille dont l'origine peut, sans trop grand effort, remonter aux Croisades, fut successivement page du roi

Louis XVI, capitaine de cavalerie avant la Révolution, frère de cinq émigrés, émigré lui-même, et, en 1810, chambellan de l'impératrice — non pas de l'impératrice qu'entouraient, en ce moment, les pompes des Tuileries, mais de celle qu'une séparation cruelle exilait au château de la Malmaison.

Joséphine avait alors quarante-six ans : l'almanach impérial ne lui en donnait que quarante-deux. En se séparant de la mère de la reine Hortense et d'Eugène Beauharnais, l'Empereur avait voulu adoucir, autant qu'il était en lui, le coup qu'il se croyait condamné à frapper. Les hommages et le luxe suivirent Joséphine dans sa retraite. On savait qu'on ne déplaisait pas au souverain en se montrant prévenant, respectueux, pour la femme douce et bonne qui fut dans des temps plus modestes sa compagne. Les ministres, les grands personnages, les courtisans affluaient à la Malmaison. L'Empereur y venait quelquefois lui-même. Il ne pouvait plus malheureusement y venir qu'en cachette.

Dans les notes qu'il m'a été permis de consulter, — notes dont la connaissance était formellement réservée par l'auteur à un très petit cercle d'amis, — rien ne m'a plus frappé que l'accent de sincérité qui donne à ces documents une valeur à part. Ce n'est plus une déposition, c'est une confession politique.

« Depuis longtemps, écrit M. de Viel-Castel, la pensée de Napoléon remplissait mon imagination : je l'identifiais avec la patrie. Après la campagne de Russie, mon admiration changea de caractère : elle devint de l'affection pour Napoléon malheureux. La joie que je voyais éclater chez les mécontents m'irritait profondément. D'ignobles sarcasmes sur « nos lauriers flétris et nos grenadiers gelés », une chanson dans laquelle on raillait ce personnage « qui s'appelait *le grand* en partant et qui était rentré *petit* dans Paris », me causaient l'exaspération la plus vive. Je prenais en haine ceux qui se riaient ainsi des malheurs de la France. »

Il est une journée qui ne s'est jamais effacée du souvenir de M. de Viel-Castel. Le 11 février 1814, le temps était aussi beau que les circonstances étaient lugubres. On savait que dix jours auparavant, l'Empereur avait éprouvé près de Brienne un échec sérieux, que Troyes venait d'ouvrir ses portes à l'ennemi, que des coureurs autrichiens se montraient vers Fontainebleau, que les Prussiens s'avançaient le long de la Marne. On ignorait ce qu'était devenu l'Empereur. Tous les moyens de résistance semblaient épuisés. Dans ce palais impérial de la Malmaison, les personnes qui avaient le plus d'intérêt au maintien du gouvernement s'entretenaient de sa destruction comme d'un événement probable, au moins possible, et paraissaient en prendre leur parti. « Tout à coup — c'est ici M. de Viel-Castel qui parle — un huissier vient appeler mon père, chambellan de service ce jour-là. Mon père se rend auprès de l'impératrice. Quelques minutes après sa sortie, la porte du salon où nous étions réunis s'entr'ouvre : « Bonne nouvelle! nous « crie rapidement mon père. L'Empereur vient de gagner « une grande bataille. » Ce que j'éprouvai en ce moment, aucune parole ne le pourrait décrire. A l'abattement, au découragement profond où j'étais plongé, succédèrent sans intermédiaire les torrents d'une joie fougueuse. Avec l'inexpérience de mon âge, je croyais voir la Fortune se ralliant de nouveau à nos drapeaux, les Alliés rejetés au delà du Rhin, la France dictant la paix à l'Europe. »

La joie, hélas! fut de courte durée. Le combat de Champaubert n'était pas, comme on l'avait cru à la Malmaison, une grande victoire : c'était simplement un merveilleux fait d'armes. Pendant une semaine entière, dans une suite de combats presque journaliers, Napoléon battit successivement les Russes, les Prussiens, les Autrichiens, les Wurtembergeois. Tous fuyaient.

Cependant les victoires mêmes de Napoléon finirent par épuiser ses forces. Bientôt on apprit à la Malmaison l'entrée des Alliés dans Paris, la déchéance de l'Empereur, les mesures qui préparaient la Restauration des Bourbons. Les partis prodiguaient à l'Empereur et à tous les siens les plus grossières injures : Joséphine seule était épargnée. On l'avait toujours rencontrée si bienveillante et si généreuse! Plusieurs des princes étrangers, l'empereur Alexandre entre autres, vinrent la voir. Alexandre fut charmant pour elle. Il lui promit de protéger ses enfants. Joséphine était alors très souffrante de la gorge. Elle dissimula son mal et fit avec l'empereur Alexandre une longue promenade dans le parc. Cet effort devait lui coûter la vie. Le mal s'aggrava : deux jours après la visite de l'empereur de Russie, Joséphine n'existait plus.

Qu'elles sont promptes les défaites!

En 1814, vingt et un ans après la mort de Louis XVI, neuf ans après la proclamation de l'Empire, les Bourbons, revenus de l'exil, régnaient de nouveau en France ; Napoléon s'essayait au gouvernement de l'île d'Elbe, et le père de M. de Viel-Castel, nommé chevalier de Saint-Louis, exerçait le commandement de la garde nationale à Versailles.

L'épuisement résultant de vingt années de guerre, la vive satisfaction que causait le rétablissement de la paix, semblaient offrir au gouvernement royal de grandes facilités pour s'affermir. M. de Viel-Castel nous le montre cependant dès le début en présence de ce qu'il appelle, avec juste raison, deux obstacles formidables : la réduction forcée des cadres de l'armée et la question des biens nationaux. Impuissant à contenir les prétentions plus ou moins bien fondées de ses anciens compagnons d'exil, le Roi, nous assure M. de Viel-Castel, songeait à chercher des alliés parmi les libéraux, quand éclata le coup de tonnerre du débarquement de Napoléon au golfe Juan.

« Ma conscience, nous avoue le fils de l'ancien chambellan de Joséphine, était inquiète. J'imaginai pour la calmer une transaction assez plaisante. Je faisais tous les soirs, avant de m'endormir, une prière pour que la tentative de l'Empereur échouât. Après avoir ainsi apporté à la défense de la cause royale le seul appui qui dépendît de moi, je me croyais en droit de me réjouir si mes désirs secrets venaient à être accomplis. »

Un abîme, au dire de M. de Viel-Castel, sépare la Restauration de 1815 de la Restauration de 1814. « Mon gouvernement avait fait des fautes, déclarait Louis XVIII dans une proclamation restée célèbre : l'expérience ne sera pas perdue pour moi. » Le gouvernement parlementaire, dont la France n'avait eu jusqu'alors que le simulacre, sortit de cette situation.

Le gouvernement parlementaire! M. de Viel-Castel ne l'aime pas, ne le chérit pas seulement : au besoin, il l'aurait inventé. Je ne veux pas, je le répète encore, m'aventurer sur le terrain de la politique. Vous connaîtriez mal cependant M. de Viel-Castel, si je m'abstenais complètement de vous dire quels étaient ses sentiments à cet endroit. Épris de son devoir, d'une probité austère, profondément dévoué à la grandeur de son pays, M. de Viel-Castel s'est montré amoureux jusqu'au bout des institutions qu'un « libéralisme discret » — l'expression lui appartient — acclamait, depuis l'année 1816, sous ce nom séduisant : *la Monarchie selon la Charte*. La gauche a des torts; les doctrinaires n'en sont pas exempts : tout le mal, aux yeux du jeune diplomate, n'en viendra pas moins des *ultras*. Étonnez-vous donc qu'avec de telles doctrines, ses amis de la rue du Bac l'appellent quelquefois : « Monsieur le Jacobin. » On est toujours le Jacobin de quelqu'un.

Malgré sa naissance, ou peut-être à cause de sa naissance même qui le rattachait à la noblesse si longtemps sacrifiée de province, M. de Viel-Castel n'a jamais eu le regret du passé : « Je frémis, écrit-il en 1881, six ans avant sa mort, quand je pense à ce qu'aurait été mon existence sous cet ancien régime, tant regretté de mes pareils. Cadet de famille, après avoir servi quelques années correctement et honorablement, mais sans éclat, parce que mes goûts et mes facultés, pas plus que ma position, ne m'auraient donné la possibilité de sortir des rangs et de me distinguer, je me serais à trente ans — à trente-cinq au plus tard — retiré dans le Périgord ou dans le Quercy. Sans fortune, je n'aurais pas, suivant toute apparence, trouvé à me marier. J'aurais donc végété dans le château de mon frère aîné. Peu enclin aux plaisirs de la chasse et aux autres distractions de la vie campagnarde, *je serais mort d'ennui.* »

Quelle différence avec la vie qu'il lui fut donné de mener sous les divers régimes qui se sont succédé dans le cours de ce siècle ! « J'ai pu, nous dit-il, mettre la main, bien que dans des situations secondaires, à quelques-unes des plus grandes affaires de l'Europe. J'ai pu me rendre compte des ressorts de la politique. J'ai connu intimement plusieurs des personnages les plus considérables de mon temps ; j'ai été admis et traité avec bienveillance dans les cercles les plus élevés et les plus intelligents de la société. »

Il ne manquait qu'une satisfaction à l'heureuse existence de M. de Viel-Castel : vous la lui avez procurée. « Les travaux que j'ai accomplis, ajoute-t-il en terminant cette revue rétrospective, m'ont ouvert les portes de l'Académie, où *je me repose doucement.* » La gracieuse et modeste bonhomie de notre spirituel confrère lui fait oublier que vous ne l'avez pas toujours vu dans cette posture bouddhique. Ce n'est pas à l'école du *Nihrvana* qu'on apprend à composer les charmants discours qui, à diverses reprises, ont réjoui ces voûtes.

Les tirades libérales de M. de Viel-Castel n'avaient pas réussi à lui aliéner les précieux patronages qu'il tenait de ses alliances de famille. A l'âge de vingt et un ans, il est nommé attaché d'ambassade à Madrid. « On m'allouait, dit-il, quatre mille francs d'appointements. Dans ce temps-là tous les secrétaires d'ambassade — j'en avais les fonctions, si je n'en possédais pas encore le titre — étaient logés et nourris par leurs chefs. Avec mes habitudes et mes goûts, je devais me trouver fort à l'aise, eu égard surtout à la valeur de l'argent comparée à ce qu'elle est aujourd'hui. Ce moment de ma vie est certainement un de ceux où j'ai éprouvé les sensations les plus vives et les plus agréables. »

Le séjour prolongé de M. de Viel-Castel en Espagne — il y passa sept ans consécutifs — ne nuisit pas au culte que le jeune gentilhomme du Quercy avait voué par instinct à la liberté. Il le confirma, au contraire. Le spectacle qu'offrait alors la Péninsule paraît avoir exercé la même influence sur le généralissime de l'armée française, sur le restaurateur de l'autorité royale, prisonnière encore des factieux.

Témoin des maux que le despotisme avait infligés à l'Espagne, témoin des folies, des excès de ses partisans, le duc d'Angoulême, dans ses conférences avec les chefs des royalistes, particulièrement avec le duc de l'Infantado, président du conseil de régence, s'efforçait de faire sentir à un parti enivré du retour de fortune qu'il devait à nos armes, la nécessité d'un gouvernement représentatif. Pour ces hommes qui ne voyaient pas grande différence entre un tel gouvernement et celui que nous étions venus renverser, ce langage était inexplicable. L'ambassade de France ne se montrait guère plus satisfaite de l'attitude de M. le duc d'Angoulême. Il n'y avait peut-être, à cette époque, en Espagne, que M. de Viel-Castel qui fût content.

Le peuple, par ses adresses, ne cessait de demander à la régence le rétablissement de l'Inquisition et de réclamer à grands cris des supplices. La régence éludait de son mieux l'intervention du prince toujours occupé à lui disputer quelque victime. Ce fut alors que parut le fameux décret d'Andujar. Le duc d'Angoulême prescrivait d'élargir sans délai tous les individus arrêtés pour cause d'opinion; il défendait de procéder à l'avenir à aucune arrestation sans le consentement des commandants militaires français; il autorisait ces mêmes commandants à emprisonner les fonctionnaires espagnols qui ne tiendraient point compte de l'ordonnance promulguée.

Pour le coup, M. de Viel-Castel trouva que le petit-fils d'Henri IV dépassait la mesure. Même en fait de clémence et d'élan magnanime, il ne pouvait se défendre de priser fort la modération. La réaction pourtant, si mécontente qu'elle fût, se soumit. On touchait d'ailleurs au dénouement. Toute la résistance des constitutionnels s'était concentrée dans Cadix. La forte position du Trocadéro couvrait cette ville : elle fut enlevée par un brillant coup de main. Quelques jours plus tard, le fort de Santi-Pietri succombait à son tour. Réduite aux abois, la révolution dut se rendre à merci.

Le duc d'Angoulême profita de l'occasion pour renouveler ses instances : dans une lettre grave et solennelle qu'il écrivit à Ferdinand VII, il essaya de lui faire comprendre que, pour pacifier le pays, une amnistie et de larges réformes étaient indispensables. Peu confiant dans les dispositions du souverain espagnol, impatient d'échapper au spectacle des désastreuses mesures dont il prévoyait l'adoption, le vainqueur du Trocadéro se hâta de rentrer à Paris.

Un accueil enthousiaste et bien mérité l'y attendait. L'opposition, déçue dans toutes ses prévisions, semblait anéantie. La Chambre allait être renouvelée, non plus par fraction seulement, mais dans son intégrité. Sur 430 nominations, la gauche, dans toutes ses nuances, de Royer-Collard à Dupont de l'Eure, n'en obtint que dix-sept. Manuel, dont l'exclusion arbitraire et violente avait excité naguère tant d'indignation, Manuel, abandonné par ses amis politiques, ne trouva pas un collège pour lui rouvrir les portes de la Chambre.

La royauté n'était-elle pas définitivement affermie? Personne, à cette époque, ne le mettait en doute. Six ans plus tard, en pleine prospérité, après deux nouvelles victoires, après la Grèce affranchie et l'Afrique domptée, la monarchie capétienne prenait pour la troisième fois le chemin de l'exil. A qui la faute? Demandez-le à M. de Viel-Castel : nul ne s'est préparé avec plus de soin à vous répondre.

En l'année 1829, M. de Viel-Castel revenait de Vienne. La révolution de Juillet le trouva sous-directeur au ministère des affaires étrangères. Son libéralisme et son royalisme s'y livraient depuis quelque temps de rudes combats. Que pouvait-il bien, cette fois, demander à Dieu dans sa prière du soir? « Le *Moniteur* du 26 juillet, écrit-il, publia les funestes ordonnances. J'appris au ministère cette terrible nouvelle. Je fus consterné. Je ne croyais pas à une résistance, au moins immédiate et matérielle. Je voyais donc toutes nos libertés détruites, toutes les conquêtes de la Révolution — ou pour mieux dire de la Restauration — perdues. J'étais dans une telle agitation que je ne pouvais tenir en place, m'occuper de rien. Je me demandais si je resterais au service du gouvernement nouveau qui s'annonçait. »

Le 26 juillet, il ne se passa rien de grave. Les libéraux, les révolutionnaires — M. de Viel-Castel prend toujours soin de ne pas les confondre — se préparaient à la lutte ; le gouvernement s'endormait dans une sécurité aveugle. Le lendemain 27, la physionomie de Paris n'était plus la même : les journaux de la gauche venaient de sonner le tocsin de l'insurrection. Le 28, la ville avait déjà pris un aspect singulièrement alarmant. « Je sortais de la rue du Bac, nous raconte M. de Viel-Castel, et je remontais lentement les quais, quand j'aperçus un immense drapeau aux trois couleurs flottant sur les tours de Notre-Dame. A la vue de cet étendard qui me rappelait mon enfance et les gloires militaires de l'Empire, je ressentis une très vive émotion. Je n'étais pourtant plus bonapartiste, — à beaucoup près, — mais il me semblait assister à la revanche de nos désastres de 1814 et de 1815. » Toute la révolution de Juillet, croyez-le bien, est là.

La Monarchie vaincue se retirait fièrement : elle se retirait, pénétrée de son droit, étonnée de sa défaite, emportant pour s'en consoler trois trophées. Pas un échec extérieur qu'on pût mettre à sa charge. Le contraste est frappant — il est moins frappant encore que triste — entre les services rendus et la récompense acquise. D'un côté, la liberté fondée, les finances rétablies, les lettres remises en honneur, la victoire ramenée sous nos drapeaux; de l'autre, le spectacle d'un édifice sans cesse battu en brèche, d'un pouvoir trop confiant qui s'achemine, sans distinguer une seule fois le précipice, d'oscillation en oscillation, à sa perte.

Monarchique et libéral, M. de Viel-Castel était né pour servir le gouvernement de Juillet. Il l'a servi utilement, fidèlement, avec un plaisir et un dévouement croissants, jusqu'à la dernière heure. Quand ce gouvernement est tombé, il n'en a plus voulu servir d'autre. Il était cependant encore dans la force de l'âge. On ne le proscrivait point; on lui ouvrait, au contraire, les bras. S'il eût consenti à être ambassadeur, il n'aurait eu que l'embarras du choix. Ses hommes n'étaient plus là; ses institutions n'y étaient pas davantage. Il s'opiniâtra dans son détachement absolu des affaires publiques.

« C'est bien peu de chose qu'une opinion, nous disait récemment, dans ce style loyal et charmant dont il a le secret, un de nos plus éminents confrères; c'est bien peu de chose sans doute qu'une opinion; c'est une grande chose que la fidélité. » Quand le respect et l'affection s'en mêlent, la fidélité — j'en ai fait l'épreuve — est facile.

La Providence se chargea de récompenser M. de Viel-Castel. Elle ménageait à ses vieux jours les joies d'une noble et douce intimité.

« Jusqu'au moment où j'ai été admis, nous dit-il, dans le cercle de cette admirable famille, je n'avais vécu, grâce à Dieu, que dans la compagnie des honnêtes gens; mais j'avouerai franchement que, si j'aimais, si je comprenais la vertu et l'honnêteté morale, je n'en saisissais pas tous les côtés délicats et exquis. Le spectacle qui me fut alors donné fut pour moi une utile leçon, sinon pour m'élever à cette hauteur, au moins pour en approcher. »

Voilà, en vérité, des lignes qui n'ont pu être écrites que par un brave homme. Et la famille, l'*admirable famille,* que va-t-elle dire de mon indiscrétion? La famille! J'ai foi dans sa modestie distraite : elle m'entend peut-être..... elle ne comprendra pas.

En désertant la politique, M. de Viel-Castel se donna tout entier, sans réserve, à l'histoire. Nous n'avons pas à le regretter; lui non plus. Il est telle occasion, sans doute, où M. de Viel-Castel eût pu, avec sa grande expérience, apporter de bons conseils. Les bons conseils, mon Dieu, ne manquent jamais. Ce qui manque plus souvent, c'est l'ascendant moral exercé par le conseiller. La nature circonspecte, mesurée de M. de Viel-Castel n'était point de taille à détourner le cours des événements.

Il vaut mieux, suivant moi, que M. de Viel-Castel, à partir de 1851, ait travaillé pour l'Académie. Ici il a laissé une mémoire toujours chère, il a goûté ces joies si douces aux esprits cultivés, ces joies que je me promets et dont je suis impatient de jouir : je veux dire la société de tant d'hommes qui charmeront encore le monde longtemps après que j'aurai disparu. Le ciel a donc départi à M. de Viel-Castel une vieillesse heureuse. Cette faveur si rare fut accordée à un homme qui en était digne.

RÉPONSE

DE

M. DE MAZADE

DIRECTEUR DE L'ACADÉMIE FRANÇAISE

AU DISCOURS

DE

M. JURIEN DE LA GRAVIÈRE

Prononcé dans la séance du jeudi 24 janvier 1889.

MONSIEUR,

Lorsque, jeune aspirant de marine, sur votre frégate au nom de bon augure, l'*Aurore*, vous alliez faire vos premières armes dans les mers lointaines, vous ne vous doutiez pas, je pense, qu'un jour vous viendriez vous reposer au foyer de la plus paisible des compagnies. Vous aviez autre chose à faire. Vous entriez, avec le feu de votre âge et la passion de votre état, dans une carrière où vous retrouviez les exemples de votre père, où s'ouvrait devant vous l'avenir du marin. Vous ne songiez pas aux lettres, et quand vous avez commencé à y songer, un de vos plus glorieux maîtres à la mer, l'illustre amiral Lalande, ne vous encourageait même pas trop dans vos essais. Il vous disait avec sa familiarité paternelle et soldatesque, à vous qui aviez alors tout au plus trente ans : « Tu as donc toujours des projets de l'autre monde... Tu veux écrire ! Il me semble que tu t'y prends un peu tard. Vois-tu, pour *faire l'article*, il faut que cela vienne de jeunesse, comme le calfatage. Je te l'ai toujours dit, passé vingt-cinq ans, on n'est plus qu'une vieille bête. »

C'était beaucoup dire, vous en conviendrez. Le brave amiral en a été heureusement pour sa boutade. Vous ne l'avez pas écouté, vous avez prouvé qu'on pouvait être un éminent officier de mer et un habile écrivain. L'Académie à son tour vous a prouvé qu'elle est sensible à tout ce qui honore le pays. Vous nous avez rappelé que vous n'étiez pas le premier marin parmi nous, que l'Académie avait déjà compté dans ses rangs un amiral, comme aussi des maréchaux, des généraux, que l'amitié avec l'armée était pour elle une tradition. Eh! sans doute, elle ne s'en défend pas. Quand elle a nommé celui qui fut à la fois l'héroïque mutilé de Somo-Sierra, de Waterloo et le pathétique historien de la Grande Armée dans la campagne de Russie, c'était sa tradition. Quand elle a élu le vainqueur de la Smala qui devait plus tard retracer en traits de feu la bataille de Rocroi, et dont la pensée n'a pas cessé d'être parmi nous, c'était encore sa tradition. Elle est restée toujours dans sa tradition en vous choisissant parce qu'elle a vu en vous l'alliance de beaux services et d'un rare talent. Vous n'avez pas eu, tout marin que vous êtes, à la prendre à l'abordage, vous êtes trop poli pour cela; vous n'avez eu qu'à dire qui vous étiez, d'où vous veniez et à nous donner à lire les brillants récits de vos campagnes. Votre succès était assuré.

Oui, Monsieur, vous avez eu raison de le croire, l'Académie, dans la liberté et l'indépendance qu'elle tient de son histoire, de sa constitution même, est sensible à tous les mérites sans se croire obligée de céder à toutes les prétentions. On dit qu'elle s'est quelquefois trompée, qu'elle n'est plus qu'une institution surannée ou inutile. Ceux qui le disent ne se sont sûrement jamais trompés; ils sont infaillibles, et de plus, à eux seuls, ils résument le talent, le génie, la sève des temps nouveaux : on peut les en croire sur parole! L'Académie, pour sa part, n'est ni infaillible, ni exclusive, ni même bien prompte à s'émouvoir des propos dont elle est parfois l'objet. Elle peut tout entendre; elle est patiente parce qu'elle a la durée, et en durant elle est peut-être moins vieille que ceux qui se croient plus jeunes, parce qu'elle se renouvelle sans cesse. Liée comme elle l'est à la société française dans ses transformations, elle n'est que fidèle à elle-même en étendant ses choix, en ouvrant ses rangs à tous ceux qui honorent le pays par leurs actions ou par les supériorités de l'esprit. Elle ne craint pas de se tromper en choisissant des hommes comme vous, Monsieur, comme votre prédécesseur, qui avait avec vous ce trait commun d'avoir été un bon serviteur de l'État avant d'être un bon écrivain. L'Académie retrouve en vous un représentant de notre marine; elle avait trouvé en M. de Viel-Castel un représentant de notre diplomatie, et ce n'était pas non plus une nouveauté.

L'alliance entre l'Académie et la diplomatie ne date pas d'hier. Il y a longtemps déjà qu'un premier commis aux affaires étrangères, l'abbé de la Ville, le jour de sa réception en donnait une raison ingénieuse. Il prétendait qu'il n'y avait pas de profession qui exigeât plus de connaissance de la langue que celle de négociateur, puisque par les soins de l'Académie, cette langue, disait-il, « était devenue dans toutes les cours le lien nécessaire de société et de correspondance entre les administrateurs des intérêts publics ». Par notre contemporain M. de Viel-Castel la diplomatie était parmi nous sous une de ses figures les plus aimables.

Ce galant homme dont vous nous avez rendu l'image d'un trait si sympathique, avait un mérite devenu rare, dit-on. Il n'a jamais aimé le bruit. Il a toujours vécu pour son état où il était supérieur, pour un monde choisi dont il subissait le charme et où il était goûté, pour les lettres qu'il n'a cessé de cultiver au courant d'une longue carrière. Né aux premiers jours du siècle d'une famille de gentilshommes du Périgord éprouvée par la Révolution, M. Louis de Viel-Castel n'était encore qu'un adolescent au moment des grandes crises nationales de 1814 et 1815; il était à peine un homme lorsque la monarchie des Bourbons, sortie de ses premières épreuves, commençait à se fixer. Vous nous avez raconté ses émotions de jeune homme au milieu des tragiques péripéties de la campagne de France et de l'invasion. Ce sont les émotions d'une âme sincère naïvement partagée entre l'admiration pour le génie de la guerre vaincu par la fortune ennemie et une sympathie innée pour la royauté revenant de si loin. Par sa naissance, par d'anciennes relations de famille, M. de Viel-Castel appartenait d'avance à la monarchie. Il était, il a toujours été par son esprit de ces temps de la Restauration qui ouvraient à la jeunesse royaliste et libérale une ère nouvelle. Il datait du ministère Richelieu, et de fait c'est par la protection de la sœur du généreux ministre, Mme de Montcalm, qu'il était admis au ministère des affaires étrangères.

Il avait été confié pour son apprentissage à un vieil employé plus qu'octogénaire qui, par un miracle de perpétuité à travers les révolutions, n'avait jamais quitté son poste, qui avait servi sous M. de Vergennes, peut-être avec M. de Choiseul et qui, sous M. de Choiseul, avait pu se rencontrer avec quelque demeurant du ministère de M. de Torcy. Voyez ce que c'est que la tradition! Ce timide élève en diplomatie de la Restauration aurait pu recueillir par son vieux sous-chef les entretiens des survivants du grand règne. Comptez en même temps, si vous voulez, combien dans l'intervalle il y avait eu de gouvernements qui s'étaient crus tous éternels et qui avaient tous péri, tandis qu'un simple employé oublié par les révolutions pouvait se flatter d'avoir servi dans les bureaux de M. de Choiseul! Est-il resté de nos jours quelque obscur fonctionnaire qui date de M. Molé, de M. Guizot, et qui puisse redire à ses jeunes collègues comment les affaires de la France étaient alors conduites? J'ai peur que les vieux employés ne vivent plus aussi longtemps.

C'est vers 1818 que M. de Viel-Castel était entré dans cette carrière qu'il ne devait plus quitter, qu'il allait parcourir comme secrétaire d'ambassade à Madrid, à Vienne, avant de revenir au ministère où il a fini par être un des guides les plus précieux de notre diplomatie. Ces quelques années passées à l'extérieur ne lui avaient pas été inutiles. Il avait vu en Espagne une révolution à l'œuvre et les embarras de notre intervention. Il avait vu à Vienne la politique de l'immobilité et de la Sainte-Alliance représentée, avec un art savant et raffiné mêlé d'une fatuité supérieure, par l'homme qui passait alors pour un des arbitres du continent. Le jour où il rentrait à Paris pour être chargé de fonctions nouvelles au ministère même, il revenait avec la maturité précoce d'un jeune diplomate qui avait déjà l'expérience des affaires, une connaissance aussi variée que sûre des intérêts de l'Europe, des rapports des cabinets. Il y joignait la bonne grâce de l'homme distingué qui avait passé par les cours. Sûrement M. de Viel-Castel, s'il l'avait voulu, aurait pu se promettre avec le temps la fortune d'une grande ambassade. Par ses goûts, il était attaché à Paris; il préférait rester le coopérateur modeste et réservé de la politique extérieure de la France dans les bureaux du ministère. C'était sa vocation et sa vie.

Par le fait, M. de Viel-Castel était d'une race qui a fait la force et l'honneur de notre ministère des affaires étrangères, qui fut représentée au commencement du siècle par un d'Hauterive, et a été continuée depuis, sous la monarchie de Juillet, par un homme dont la renommée n'égala jamais le mérite, M. Desages. Aucun de nous ici, je pense, n'a connu le comte d'Hauterive : il est mort pendant les journées de Juillet 1830, avec l'illusion que les ordonnances venaient de sauver la monarchie! C'était un personnage d'une originalité singulière qui, sous l'égide de M. de Talleyrand et de Napoléon lui-même, avait été le restaurateur, puis le gardien des traditions diplomatiques. Il eût fait volontiers du personnel des affaires étrangères une sorte d'ordre laïque soumis aux règles les plus sévères de discrétion et presque de claustration. Pour lui, le service, quel que fût le gouvernement, dominait tout jusqu'aux relations des employés, et il poussait le rigorisme si loin que lorsqu'un ministre tombait en disgrâce il ne le voyait plus. De tous ses exemples celui-là est toujours le plus facile à suivre. — Mais M. d'Hauterive était du passé. M. Desages est d'un temps plus récent et, dans sa demi-obscurité, il n'a pas été une figure moins originale. Si je voulais le peindre, je n'aurais qu'à demander les traits les plus expressifs à l'un de nos plus éminents confrères, au brillant auteur du *Secret du Roi* qui a servi sous lui. Je vous le montrerais passionnément assidu à son travail de tous les jours, suivant d'un regard vigilant les affaires de la France sur tous les points du globe, jaloux de tous nos intérêts, — et avec cela aimant la vie cachée, un peu puritain de manières, traversant les salons officiels avec son visage fin et sévère, l'habit boutonné sans une seule décoration. Sous le nom tout moderne de directeur politique, M. Desages faisait revivre l'ancien « premier commis » des affaires étrangères. Il aimait lui-même, non peut-être sans un certain orgueil, à être appelé ainsi. Il croyait que ce titre modeste qui déguisait les fonctions à la fois les plus délicates et les plus importantes restait toujours un honneur.

Ces hommes, — je ne cite que les têtes, — ont été longtemps le nerf de notre diplomatie, la tradition vivante et invisible à travers des mobilités qui, je l'avoue, ne sont pas seulement d'aujourd'hui. Quand les ministres passaient, ils restaient à leurs devoirs, faisant les affaires de la France, préparant souvent par leurs conseils des résolutions dont d'autres avaient l'honneur, ou réparant des fautes qu'ils n'avaient pas pu prévenir, toujours plus occupés de l'intérêt public que d'eux-mêmes. M. de Viel-Castel était de cette école. Il a passé les dix-huit années de la monarchie de Juillet comme sous-directeur auprès de M. Desages dont il devait un jour recueillir la succession, et pendant ces dix-huit années, entre ces deux hommes occupés à traiter ensemble les plus grandes affaires, jamais il n'y eut une difficulté, un ombrage, une susceptibilité d'amour-propre.

Ils avaient sans doute des origines et des relations différentes. L'un tenait au monde aristocratique, l'autre au monde né de la révolution. Ils n'y prenaient même pas garde. Rapprochés par le service, ils n'avaient pas tardé à devenir plus que des collaborateurs, des amis mettant en commun leurs lumières et leur dévouement. Ils se complétaient à merveille. M. Desages avait le sens vif et net des choses, le sang-froid, la fermeté dans les moments difficiles. M. de Viel-Castel avait une connaissance plus familière du personnel diplomatique et de l'histoire politique, une facilité toujours prête, un art souple et élégant de rédaction. Ils avaient l'un et l'autre la discrétion, le goût des affaires, l'esprit de leur état, même l'initiative dans la mesure de leurs fonctions. En voulez-vous un exemple? Savez-vous qui avait décidé un événement dont l'Europe s'émut à l'époque où il s'accomplit, l'expédition d'Ancône? Ce n'était pas le ministre, le général Sébastiani, il était alors malade ; ce n'était pas non plus le président du conseil, M. Casimir Périer, il avait bien d'autres affaires. Les vrais coupables étaient M. Desages et M. de Viel-Castel, qui seuls, à la nouvelle de l'entrée des Autrichiens à Bologne, avaient eu cette idée et suggéré ce coup hardi fait pour plaire à un ministre comme M. Casimir Périer. Ils ne s'en vantèrent jamais, ils avaient trop le sentiment de ce qu'ils devaient. Ils s'étaient contentés de mettre leur zèle au service d'une volonté énergique qui, en tenant tête aux factions intérieures, se donnait la force et les moyens d'assurer la dignité de la France au dehors.

L'attachement de M. de Viel-Castel aux devoirs de son état n'excluait pas chez lui un goût qu'il n'avait pas puisé, je crois, à la vieille école de M. d'Hauterive. Il aimait le monde. Dès sa jeunesse, il avait fait son éducation dans les salons de Mme de Montcalm, de Mme de la Trémouille, de Mme de Sainte-Aulaire. Il a toujours aimé et recherché les sociétés d'élite. C'était une partie de sa vie sous la monarchie de Juillet comme sous la Restauration. Par sa position et par son esprit il avait tout naturellement les plus brillantes relations un peu dans tous les mondes. Il était bienvenu partout; mais il y a eu une maison, — vous l'avez désignée sans la nommer, — où l'assiduité a été pour M. de Viel-Castel plus qu'une habitude mondaine. Le jour où il avait connu le duc de Broglie au ministère des affaires étrangères, il s'était attaché à lui. Il s'était donné sans réserve et sans retour à cette maison où il trouvait, avec la confiante estime du plus intègre des hommes, la bienveillance de cette femme d'élite à l'âme libérale qui a laissé à ses contemporains l'éblouissement d'un esprit plein de feu, d'une grâce originale et d'une vertu séduisante. Le subordonné était devenu l'ami de son ministre, il l'a toujours été depuis, — et quant à lui, il ne se croyait pas obligé de soumettre ses affections aux inconstances de la fortune ministérielle. Que M. de Broglie quittât le ministère, qu'il parût même en défaveur, notre confrère ne lui restait pas moins attaché. Il ne manquait pas à ses réceptions du soir, où se pressait le monde de la politique et des lettres, et souvent aussi le matin, il lui faisait des visites familières avant de se rendre au ministère. M. de Viel-Castel visitait le duc de Broglie éloigné du pouvoir, comme M. Desages passait ses soirées chez son ami le plus cher, M. de Tracy, qui était d'une opposition un peu radicale. Personne ne s'en étonnait. Ces honnêtes gens savaient concilier leurs devoirs de fonctionnaires discrets sous des ministres éphémères et la fidélité à leurs amitiés. M. de Viel-Castel mettait dans tout cela une parfaite bonne grâce.

C'était un homme de bonne compagnie, un fonctionnaire exact, un diplomate expérimenté ; c'était aussi un lettré, un écrivain, — et chez lui l'écrivain, c'est encore l'homme tel que nous l'avons connu, instruit, mesuré, joignant la justesse de l'esprit au bon goût. M. de Viel-Castel, vous nous l'avez dit, a beaucoup et utilement écrit dans sa carrière, et sur la littérature espagnole qu'il avait étudiée à Madrid, et sur le règne orageux des deux Pitt en Angleterre et sur d'autres personnages publics ; mais son œuvre maîtresse c'est cette *Histoire de la Restauration* à laquelle il a consacré une partie de sa vie et attaché son nom. Sans déprécier d'autres travaux brillants ou sérieux, j'oserais dire que l'*Histoire* de M. de Viel-Castel garde une des premières places et par la profusion des informations et par la sûreté des jugements et par l'ampleur du récit. Vous nous faites remarquer discrètement que cette ampleur peut avoir ses dangers, qu'il n'y a guère, au dire d'un maître critique, de chef-d'œuvre en vingt volumes. C'est peut-être vrai; mais, entre nous, les chefs-d'œuvre sont toujours rares, même en moins de vingt volumes, et notre confrère avait la meilleure des excuses pour ne pas craindre de s'étendre sur un si beau sujet. Il parle longuement, amplement de la Restauration parce qu'il l'a aimée, et il a pu en parler avec profit, sans fatiguer ses lecteurs, parce que ces quinze années dont il raconte l'histoire, restent après tout une des périodes les plus attachantes de notre siècle.

Maintenant que les vieilles passions sont éteintes, ce temps de la Restauration apparaît mieux dans sa vérité. Il a eu d'abord un mérite, je pourrais dire une originalité. Après les agitations guerrières de l'Empire et les amertumes d'une défaite qui semblait alors accablante, il a été pour la France le commencement d'une vie nouvelle, une sorte de seconde jeunesse. On rajeunissait à l'air libre en effet, on ne se défendait même pas des illusions; on se passionnait pour des idées, pour les causes généreuses, pour une liberté conquise ou pour un droit disputé. C'était une époque où tout refleurissait à la fois, et l'éloquence, et la poésie, et les arts, et la philosophie, et le génie de l'histoire, — où renaissait aussi et allait s'illustrer sur les mers d'Orient cette marine dont vous êtes un des fils dévoués. On se sentait revivre alors. Ces quinze années de la Restauration, — joignez-y, si vous voulez, les dix-huit années du régime qui a suivi, — ces trente-quatre années de monarchie constitutionnelle ont eu un autre mérite : elles n'ont rien coûté à la France, à son intégrité et à son honneur. Lorsque la Restauration disparaissait, victime d'un coup d'État qui était encore plus le coup de tête d'un vieux roi, conseillé par un ministre illuminé, elle avait eu le temps de relever notre nation dans l'estime du monde, de lui rendre le sentiment d'elle-même, la considération des gouvernements, la sympathie des peuples, et elle venait de lui donner un royaume dans la Méditerranée. Lorsque la monarchie de Juillet périssait à son tour, elle avait résolu le problème d'assurer l'ordre à notre pays sans toucher à ses libertés, d'étendre son influence, j'allais presque dire ses frontières, sans l'exposer à la guerre ; en ébranlant l'Europe par sa chute, elle montrait encore quel ascendant elle avait conquis. Et s'il y a eu des fautes, que ceux qui ont mieux fait jettent la première pierre à des régimes qui n'ont pas eu l'art de durer, c'est vrai, mais qui, en disparaissant, ont laissé la France libre, prospère, respectée et intacte !

C'est avec le zèle d'un esprit éclairé et la fidélité des souvenirs que votre prédécesseur a retracé les années de la Restauration. Il a tout raconté, tout coordonné dans un vaste ensemble, les luttes politiques, le jeu des partis, le mouvement des opinions et des intérêts, les négociations de la diplomatie qu'il connaissait mieux que tout autre et qui sont un des beaux côtés de la Restauration. M. de Viel-Castel a mis dans ses récits la modération envers les hommes, l'équité et la discrétion que donne l'expérience des affaires, une impartialité qui lui était naturelle et qui n'exclut pas chez lui un sentiment aussi vif que sincère de ce temps où il avait vécu. On ne saurait mieux faire. Vous lui avez rendu justice, en homme qui sait ce que c'est qu'un bon ouvrage, qui sait aussi ce que c'est que la diplomatie.

Entre diplomates et soldats ou marins, d'ailleurs, l'œuvre n'est-elle pas commune? Vous vous souvenez de cette anecdote. Un jour, sous l'Empire, dans un cercle des Tuileries, M. de Talleyrand se laissait complimenter pour un de ces grands traités d'autrefois, peut-être la paix de Presbourg, et Napoléon, s'approchant tout à coup, lui dit avec l'enjouement familier du génie heureux : « Convenez, Talleyrand, que j'y suis bien pour quelque chose! » Il y était effectivement pour quelque chose comme la journée d'Austerlitz. C'était vrai, c'est toujours vrai. Ce sont les diplomates qui signent les traités, heureux de signer les beaux traités quand ils peuvent ; ce sont les soldats qui les préparent en temps de guerre, qui en demeurent les gardiens en temps de paix. Vous, marins, qui formez, pour ainsi dire, une armée dans l'armée, vous avez une mission particulière. Vous êtes des sentinelles voyageuses portant le pavillon jusqu'aux extrémités de l'univers ; vous avez à faire sentir partout l'action de la France, à défendre l'honneur de son nom, ses intérêts, ses protégés, ses clientèles sur les rivages les plus reculés. Vous parcourez les mers souvent livrés à vous-mêmes, au sentiment de votre responsabilité, exposés quelquefois, cela s'est vu, à être surpris au loin par une révolution dans votre pays ou par une déclaration de guerre, et réduits à vous suffire par votre prudence ou par votre courage qui est toujours prêt. Une destinée dont vous n'avez pas à vous plaindre vous avait fait pour cette carrière où de degré en degré vous vous êtes élevé au plus haut rang par l'éclat de vos services comme par la variété de vos talents.

Depuis le jour où pour la première fois vous avez mis le pied sur un navire, sur une de ces frégates dont les vieux matelots vous contaient les combats légendaires de la *Sémillante* ou de la *Bellone*, depuis ce jour que d'événements sont passés pour votre patrie, et pour vous-même, Monsieur! Tout a changé. Vous avez mené, à travers tous les changements, votre vie de marin, servant toujours votre pays qui, lui, ne change pas pour vous, passionnément attaché à votre état, — et me voici exposé, si je veux vous suivre, à vous parler de marine. Je pourrais être un peu embarrassé, vous m'en croirez sans peine. Heureusement j'ai le meilleur des guides : c'est vous-même. Ce que vous avez fait, ce que vous avez vu, ce que vous avez éprouvé, vous nous l'avez dit. Comment on devient un officier d'élite, maître de son navire comme un bon cavalier l'est de son cheval, habile à dompter les éléments par la manœuvre et à lire les signes du temps « dans le scintillement des étoiles ou dans l'ondulation des flots », alliant le sang-froid à la décision dans le péril, l'art du navigateur à l'art du combattant, vous nous l'avez appris : vous avez passé par là! Vous nous avez raconté cette vie du marin qui vous conduit tour à tour sur les côtes du Brésil et dans l'océan Indien, dans la mer des Moluques et à Taïti, dans le Bosphore et dans le golfe du Mexique.

On vous retrouve partout : tantôt jeune homme plein de feu, apprenant votre métier sous des chefs éprouvés; tantôt vous essayant à votre tour au commandement sur le *Furet*, ou assurant, avec votre agile aviso la *Comète*, le service de l'escadre du Levant. Puis bientôt vous voilà brillant capitaine de la *Bayonnaise*, chargé d'aller porter le pavillon de la France dans l'extrême Orient, battant pendant plus de trois ans les mers de Chine, — et recevant tout à coup à cinq mille lieues de la patrie la nouvelle d'une révolution qui peut déchaîner la guerre. Chose peut-être curieuse à dire, aux premiers moments de la révolution de février on vous avait à peu près oublié; pendant assez longtemps vous n'aviez à compter que sur vous-même. Vous étiez homme à suppléer à tout, et lors qu'après quarante-cinq mois de campagne, vous rameniez votre *Bayonnaise* intacte, comme on vous l'avait confiée au départ, vous reveniez avec des trésors d'observations hydrographiques pour la marine et un livre charmant que vous nous avez donné. — Encore quelques années et comme chef d'état-major de l'escadre de la mer Noire, vous avez votre place dans la campagne de Crimée. La guerre d'Italie vous trouve contre-amiral chargé du blocus de Venise, et avant peu vous avez le commandement aussi délicat que périlleux de l'expédition du Mexique.

A chaque pas dans votre carrière vous avez donné la mesure de votre mérite et chaque grade conquis par vous a été le juste prix de nouveaux services. Le secret de vos succès, Monsieur, est bien simple, quoiqu'il ne soit pas, je le crains, à la portée de tout le monde. Votre secret d'abord, c'est que vous avez aimé votre glorieux métier. Vous l'avez aimé, cela va sans dire, en homme intelligent qui, à travers toutes les questions techniques, voit l'art, le grand art de la guerre navale; vous l'avez aimé aussi, d'instinct, de toute la force de vos facultés. Vous avez connu ce que vous appelez vous-même les « joies de la manœuvre », les plaisirs d'un « appareillage réussi » ; vous avez éprouvé ce qu'il y a d'émotion virile et de fierté satisfaite à conduire un navire, une escadre à travers toutes les difficultés. Et en aimant votre métier, vous l'avez toujours fait avec entrain, avec bonne humeur, en homme qui ne cache pas son penchant pour les « héros gais et familiers ».

Un autre secret de vos succès, c'est que vous avez eu des maîtres dont votre jeunesse a ressenti la généreuse et excitante influence, qui ont été pour vous des guides écoutés et respectés. Vous avez eu d'abord votre père, vétéran de l'ancienne marine de Louis XVI, des croisières aventureuses de la République et de l'Empire, qui unissait à la loyauté d'un cœur droit l'expérience de trente années de navigation et de guerre ; vous avez pu aussi recueillir sur ses vieux jours les souvenirs de l'amiral Roussin, qui avait été, avec l'héroïque et modeste Bouvet, du combat du Grand-Port devant l'île de France en 1810, et qui venait de couronner sa vie de marin en forçant avec éclat les passes du Tage. Vous avez connu l'intrépide Baudin, le sévère Hugon, tous ces hommes qui gardaient du temps où ils avaient vécu je ne sais quel accent plus fier de commandement et qui vous ont laissé, avec l'amour des ancêtres, une impression de respect religieux ; mais vous avez eu surtout deux maîtres dont vous nous avez donné un portrait vivant et parlant.

L'un, conseiller peu encourageant et passablement caustique de vos débuts littéraires, mais chef incomparable à la mer, l'amiral Lalande : âme indomptable dans un corps chétif, esprit libre, et un peu frondeur en tout, capable d'être un créateur, un initiateur dans la marine, fait pour remuer des escadres, pour les conduire à toutes les entreprises, impatient d'action comme s'il avait senti la vie lui échapper, et avec cela gai, affable et indulgent. L'autre, d'une nature différente, c'est l'amiral Bruat. Vous nous l'avez dépeint avec « sa tête carrée, ses sourcils épais, ses yeux brillants et railleurs », fin et pénétrant sous les dehors d'une extrême bonhomie, facile dans ses relations, mais inflexible sur les questions de devoir et d'honneur. Tout en lui respirait la force et l'intrépidité, tout était inspiration soudaine. Il était de ceux chez qui le « danger éclaircit les idées », et qui n'ont jamais l'esprit plus libre que dans le bruit et l'agitation. L'amiral Bruat avait plus d'un point d'affinité avec l'amiral Lalande dont il avait été capitaine de pavillon; il en différait par une spontanéité naïve de sentiment et de croyance. Audacieux l'un et l'autre, ils ne l'étaient pas de la même façon : Lalande l'était avec sang-froid, Bruat avec l'impétuosité qui se trahissait dans tous ses mouvements. Votre père, quand vous l'interrogiez sur le passé, vous disait qu'entre Bruix et Latouche-Tréville, il n'oserait décider lequel serait le meilleur modèle. Vous hésitez vous-même à vous prononcer entre Lalande et Bruat; vous faites mieux, vous les confondez dans un même sentiment d'affectueuse vénération.

C'est à l'école et je peux dire dans l'intimité de ces grands hommes de mer que vous vous êtes formé. Vous avez recueilli leur esprit; vous avez été avec eux dans les conseils, à la manœuvre, au combat, et c'est en servant sous leurs ordres que vous avez appris à commander. C'est en vous élevant sous de tels maîtres, en vous inspirant de leurs leçons que vous avez mérité d'avoir à votre tour, dirai-je des élèves, — de plus jeunes émules, si vous voulez, des lieutenants, les Jauréguiberry, les Pothuau, qui se sont plu à vous reconnaître pour guide.

L'homme d'action et l'homme d'étude se confondent en vous, Monsieur; ils ne font qu'un, ils n'ont qu'un même objet : « Marin, avez-vous dit un jour, j'ai pensé que j'étais appelé à parler avant tout de marine. » Vous avez l'avantage de ne parler que de ce que vous savez, de ce qui a passionné votre vie : c'est ce qui fait le charme attachant de vos écrits. Vous mettez, avec la sûreté de votre expérience et la précision de la science, le feu de votre généreux naturel dans vos récits : soit que vous nous racontiez les croisières de la mer des Indes, ces combats inégaux et glorieux où Duperré, le futur amiral, tombait à son banc de quart le visage mutilé, où Baudin avait perdu un bras; soit que vous retraciez la tragédie navale de Trafalgar avec la pitié de nos désastres et le respect d'un grand ennemi, Nelson frappé à mort dans sa victoire; soit enfin que vous nous rappeliez, dans des temps plus heureux, Navarin, Alger ou le hardi coup de main du Tage. Vos ouvrages aussi variés que nombreux ne sont, à dire vrai, que les fragments d'une histoire de cette marine que vous faites revivre dans ses épisodes les plus dramatiques, dans tous ceux qui l'ont illustrée depuis un siècle.

La Marine d'autrefois, *la Marine d'aujourd'hui*, — je vous prends vos titres, — c'est toujours la marine : vous l'avez suivie dans ses vicissitudes, dans sa renaissance, après la grande crise de la Révolution. Vous nous la montrez tenant vaillamment la mer, mais éprouvée, réduite à des efforts partiels et à des conditions ingrates pendant l'Empire. Négligée d'abord aux premiers temps de la Restauration par des raisons financières, elle ne tarde pas à se relever dans la paix, sous des ministres bien inspirés. Elle reprend courage, et bientôt, sous l'amiral de Rigny, elle va retrouver dans la mer de Grèce un rayon de gloire nouvelle. Avec la monarchie de Juillet, elle grandit encore et prend une importance croissante. Elle se sent l'objet de la faveur du pays, jaloux de renouer les traditions de sa puissance maritime. Elle ne se borne pas à aller, quand il le faut, planter son pavillon à Saint-Jean-d'Ulloa, à Mogador. C'est surtout le moment où se réalise pour elle un progrès décisif, où se constitue l'armée navale permanente de la France par la création définitive de l'escadre d'évolutions de la Méditerranée, et c'est justement votre maître, l'amiral Lalande, qui en est un des créateurs.

Pendant plusieurs années, sentinelle avancée de la politique française en Orient, il anime son escadre de son ardeur, il la façonne et l'assouplit par son habile activité, et il brûle de la conduire au feu. Plus d'une fois vous avez été le confident des impatiences, des secrètes ambitions de cet homme intrépide en 1840, à une époque où la guerre semblait près d'éclater et où votre chef avait su donner de lui cette idée qu'il était de force à se mesurer avec la flotte anglaise elle-même. Après l'amiral Lalande, l'escadre d'évolutions est restée la grande école de tactique, le grand instrument de combat toujours disponible. Que lui manquait-il? l'occasion peut-être. Cette occasion que l'amiral Lalande n'avait pas eue, ses successeurs l'ont eue et vous l'avez eue avec eux dans une guerre qui a eu la chance de ne laisser aucune amertume entre vainqueurs et vaincus, dont on ne se souvient aujourd'hui que pour se dire qu'après tout il n'y a pour personne ni victoires éternelles ni défaites irréparables. C'est la guerre de Crimée, où la marine a eu un rôle original et imprévu, que vous avez décrit en traits saisissants.

C'était en 1854. La France et l'Angleterre alliées venaient d'envoyer des armées dans le Bosphore. L'escadre de la Méditerranée, commandée par l'amiral Hamelin, était déjà dans la mer Noire avec les vaisseaux anglais de l'amiral Dundas, lorsque l'amiral Bruat recevait l'ordre d'aller rejoindre, avec une escadre nouvelle, l'amiral Hamelin, et sa première pensée avait été de vous demander comme chef d'état-major, en vous écrivant : « Nous continuerons ensemble les traditions de votre digne père et de l'amiral Lalande. » C'est au mois de juin 1854 que vous arriviez dans la mer Noire, devant Varna où campaient nos soldats. Où allait-on? On ne le savait pas encore. Le jour où les chefs militaires décidaient la descente en Crimée, c'était aux marines alliées de transporter les armées. C'était leur premier service. Jusque-là rien de mieux. On débutait par une victoire après le débarquement. On marchait sur Sébastopol, qu'on voulait surtout atteindre; mais on ne savait pas qu'on était là pour longtemps, qu'on était engagé, presque sans y songer, dans un formidable duel où l'héroïsme de l'attaque ne devait être égalé que par l'héroïsme de la défense. C'est pourtant ce qui arrivait. Pendant un an, sur ce plateau de Chersonèse, où l'on venait d'arriver, allait se dérouler, à travers toutes les péripéties, ce mémorable siège d'une ville hérissée, du côté de la terre, de défenses improvisées et toujours croissantes, barricadée du côté de la mer par une ligne de vaisseaux coulés à l'entrée de la rade.

Dans quelle mesure la marine pouvait-elle s'associer à ces vastes opérations? Assurément elle était toujours prête à combattre, au 17 octobre, à Kertch, devant Kinburn. Souffrez que je vous le dise, vous le savez, vous qui, auprès de votre amiral, sentiez la dunette du *Montebello* fracassée sous vos pieds par les obus : mais combattre en réalité n'était rien. La marine avait une bien autre mission : elle avait à empêcher l'armée de mourir de faim et de misère. Ce qu'on n'avait pas prévu en effet, c'est qu'en subissant l'obligation d'un siège prolongé par un hiver rigoureux, on pouvait être séparé de tout, que les maladies, le choléra allaient envahir les camps et faire plus de victimes que le feu, que le moment viendrait où dans ces régions ravagées par la guerre, au milieu des glaces et de la neige, on ne trouverait plus une racine d'arbre pour allumer un feu, pour cuire les aliments. Et c'est là justement que se dessine le rôle de la marine. Pendant des mois elle restait la vraie et unique base d'opérations de l'armée. Tenir la mer par tous les temps sur ce Pont-Euxin jadis si redouté des navigateurs, transporter à Constantinople des milliers de blessés ou de malades, rapporter sans cesse à l'armée de nouveaux bataillons, des munitions, des vivres, du bois, jusqu'à des balles de foin pour nourrir les chevaux, rattacher à la mère patrie ce coin de terre où mouraient nos soldats, c'était la mission de la marine. Elle combattait avec l'armée par les batteries qu'elle avait à terre, elle prenait part à ses épreuves, elle était aussi et surtout sa providence. Tout ce qu'on peut dire, c'est que sans elle le siège de Sébastopol eût été impossible, l'armée tout entière eût péri. Elle avait été à la peine, elle a mérité d'être à l'honneur.

Votre chef qui, au départ de l'amiral Hamelin, était resté à la tête de toutes nos forces navales de la mer Noire, dirigeait cette œuvre de dévouement avec autant d'art que de passion, et vous qui étiez auprès de lui, vous partagiez jusqu'au bout ses travaux, ses ardeurs, ses soucis du commandement. Vous ne vous doutiez pas qu'au moment où Bruat, élevé à la dignité d'amiral pour ses services, allait rentrer en France, il ne reverrait pas le port, qu'il serait foudroyé en chemin par le mal qui l'avait épargné en Crimée et que vous, son fidèle lieutenant, vous auriez le chagrin de ne ramener que ses restes avec son escadre en deuil à Toulon. Vous aviez été associé à toutes ses actions depuis un an, et c'est comme dépositaire de ses dernières pensées que le chef d'état-major de l'escadre d'Orient, devenu à son tour contre-amiral, était appelé à un conseil des Tuileries où l'on allait délibérer sur les suites de la campagne; mais la paix était déjà décidée dans la pensée de qui décidait de tout alors, et de cette guerre poursuivie en commun, il n'allait plus rester qu'un grand souvenir, j'ajouterai un souvenir fécond.

« C'est de cette époque, avez-vous dit, que date la sympathie qui n'a cessé de nous unir à l'armée. » Cette guerre en effet venait de consacrer une solidarité, une confraternité qui devait éclater quinze ans plus tard dans une guerre autrement cruelle, où les chefs de notre marine allaient se confondre avec les chefs de notre armée pour combattre ensemble. Tous ceux qui étaient ici dans ces temps néfastes n'ont jamais oublié la fière mine de ces marins qui, sous l'intrépide Amet, depuis amiral, venaient de défendre le fort de Montrouge comme un navire, et refusaient de rendre les armes même quand il n'y avait plus d'espoir. Que cette virile confraternité née dans des épreuves communes ne s'éteigne jamais entre ceux qui, au milieu de nos vaines contestations, restent chargés de l'honneur de la France.

Votre fortune, qui vous avait fait chef d'état-major de l'escadre d'Orient et contre-amiral, vous a depuis appelé, Monsieur, aux commandements les plus sérieux, quelquefois les plus délicats. Elle vous a conduit en pacificateur sur les côtes du Monténégro, en commandant de blocus devant Venise pendant la guerre de 1859 ; mais, surtout, elle vous appelait bientôt à être le premier chef d'une de ces entreprises semi-militaires, semi-diplomatiques, qui sont un peu, dites-vous, dans la destinée de tout officier de marine : c'est l'expédition du Mexique ! Un jour, lorsque vous étiez devant Venise, à quelques milles du Lido, vous vîtes un rapide aviso sortir hardiment du port et s'approcher à portée de vos canons. Vous le saluâtes d'une volée d'obus qui aurait pu lui faire expier sa témérité ; vous avez su depuis que cet aviso portait l'archiduc Maximilien d'Autriche et vous ajoutez : « Si un seul de nos boulets l'eût atteint, il est probable que je n'aurais jamais fait le voyage de la Vera-Cruz et que la tragédie de Queretaro eût été épargnée à l'histoire. » Il y a de ces jeux du destin ! Votre boulet ne porta pas et, peu après, vous faisiez, comme vous dites, le voyage de la Vera-Cruz avec une mission assez compliquée, des alliés assez défiants et des forces qui pouvaient suffire pour obtenir la réparation de nos griefs, non pour tenter les aventures dans l'intérieur du Mexique. Averti, dès votre débarquement, par les dissidences de vos alliés aussi bien que par les rigueurs d'un climat mortel pour vos soldats, mis du premier coup en face de réalités dont vous aviez à tenir compte, vous faisiez ce qui semblait possible à votre prudence ; vous vous décidiez à signer avec le gouvernement mexicain une convention qui assurait à votre petit corps des positions plus salubres, qui réservait tout, ne compromettait rien et laissait une heure à la sagesse avant d'aller plus loin.

Ne craignez pas, Monsieur, que je veuille ici faire de la politique et réveiller des souvenirs pénibles. Tout ce que je veux dire, c'est que vous vous conduisiez en homme éclairé dans votre mission et jusqu'au bout en galant homme, que si on vous eût écouté, si on eût attendu vos avis, on se serait arrêté sans doute, et que si les événements se sont précipités, cela n'a pas tenu à vous. Désavoué dès vos premiers actes sans avoir été entendu et rappelé à Paris, vous cessiez d'être le chef d'une expédition qui changeait de nature : mais en cessant d'être un chef d'opérations et un plénipotentiaire de la France, vous ne vous teniez pas quitte envers vous-même et envers vos marins. Vous mettiez votre honneur à ne rester à Paris que le temps nécessaire pour vous faire mieux juger, et à réclamer aussitôt comme un privilège le droit de rejoindre votre escadre dans le golfe du Mexique. Vous teniez d'autant plus à vous retrouver à bord de vos navires que vous les saviez envahis ou menacés par la fièvre jaune. Vos équipages, vos meilleurs officiers, vos médecins eux-mêmes étaient décimés par le fléau : vous vouliez partager leurs épreuves, vous les partagiez jusqu'au bout et tant qu'il y avait un danger vous restiez à votre poste. Vous sortiez pour votre part de cette expédition du Mexique, trop justifié dans votre prudence, dégagé de toute responsabilité dans l'histoire et tranquille avec vous-même après avoir fait tout ce que vous deviez.

Quand les événements suprêmes vinrent pour la France, — et ils suivirent de près cette tragédie dont vous avez parlé, qui fut le sinistre dénouement de l'entreprise mexicaine, — quand vinrent les événements de 1870, vous quittiez à peine une position enviée de tous les chefs de notre marine. Vous veniez de passer deux ans à la tête de l'escadre d'évolutions de la Méditerranée, de cette escadre que vous avez appelée une « institution nécessaire », et où, depuis l'amiral Lalande, se sont succédé nos meilleurs hommes de mer, les Hugon, les Baudin, les Hamelin, les Bruat, les Rigault de Genouilly, les Bouët-Williaumez. Vous veniez à votre tour d'exercer cette sorte de consulat naval qui n'était pas pour vous une sinécure. Vous aviez passé ces deux années laborieuses à multiplier les manœuvres et les évolutions de votre belle escadre, à essayer des tactiques nouvelles, à exciter le zèle de vos officiers et à mériter leur confiance par l'autorité d'un commandement ferme et cordial. Vous pouviez être satisfait de votre œuvre. Au moment où vous quittiez Toulon pour rentrer à Paris, le 3 juillet 1870, vous ne vous doutiez pas encore que nous touchions de si près à la guerre, à la terrible guerre qu'on pressentait toujours et à laquelle on se préparait malheureusement si peu. Dès qu'elle avait été déclarée, votre premier mouvement était de demander du service où l'on voudrait, sous le titre qu'on voudrait vous donner. Le souverain qui avait fait de vous un de ses aides de camp, vous avait destiné à un autre rôle tout de confiance que vous avez rempli avec honneur jusqu'au bout, qui pesait néanmoins à votre cœur de soldat. Dans ces moments où les catastrophes précipitées portaient le trouble aux Tuileries, vous étiez réservé par vos fonctions à assister de près au dernier jour de l'Empire, et vous avez, je crois, raconté cette journée dans des souvenirs précieux qui pourront être un document pour l'histoire.

Ce serait offenser votre fidélité que de paraître la trouver extraordinaire. Je la trouve au contraire digne de votre caractère. Vous aviez été placé là, et là, comme partout, vous faisiez votre devoir simplement, loyalement, même sans espérance; mais pour vous, comme pour tous, il restait un devoir supérieur, d'autant plus impérieux que les désastres du pays s'accroissaient d'heure en heure, que l'invasion débordait de toutes parts. Il restait la défense nationale, et tandis que vos compagnons de la marine se pressaient dans nos armées improvisées, vous n'hésitiez pas de votre côté à vous mettre aux ordres du gouvernement nouveau : vous alliez, sur ses instances, reprendre le commandement de l'escadre que vous veniez de quitter il y avait quelques mois à peine. Vous n'aviez pas, il est vrai, à combattre dans la Méditerranée; votre mission n'était pas moins sérieuse et même délicate. Vos vaisseaux servaient à contenir des turbulences qui menaçaient la paix si ce n'est la sûreté des Alpes-Maritimes, et vous soulagiez grandement le nouveau préfet de Nice en mettant à sa disposition quelques détachements de vos marins qui avaient promptement raison des agitateurs. Vous vous étiez donné une autre mission toute patriotique : celle de maintenir l'esprit de dévouement et de discipline dans votre escadre pour la rendre intacte à la France après l'effroyable crise qu'on traversait. Vous avez réussi : c'était un dernier service dû à votre vigilance.

Assurément, Monsieur, l'heure du repos n'était pas venue, elle n'est jamais venue pour vous, pour votre vive et forte nature trempée dans toutes les épreuves de l'action. Le privilège de vos commandements vous a fait maintenir dans le cadre d'activité, et, s'il le fallait, vous seriez tout prêt encore à faire campagne. Vous vous êtes décidé pourtant à ce que j'appellerai une retraite relative. Est-ce bien une retraite? C'est à peine le repos d'un instant. Jamais votre esprit n'a été plus actif et ne s'est plus vivement intéressé aux affaires de votre état, à l'histoire de votre grand art militaire et naval. Depuis quelques années, depuis que vous êtes censé vous reposer, vous avez donné à la *Revue des Deux Mondes*, votre complice depuis votre jeunesse, une série d'études d'un ordre inattendu. Vous nous avez raconté les campagnes d'Alexandre, vous avez déroulé devant nos yeux tous ces épisodes si vivants, si animés, d'une vaste histoire : le *Drame macédonien*, l'*Asie sans maître*, l'*Héritage de Darius*, la *Conquête de l'Inde*, le *Démembrement de l'Empire*. Vous nous retracez la bataille de Lépante, même la bataille de Salamine, comme vous nous aviez retracé déjà la bataille de Navarin : on dirait que vous y étiez! Vous avez pénétré les secrets de la marine des Ptolémées et de la marine des Romains, de l'*Armada* de

Philippe II et de la puissance navale de Venise. Vous parlez de ces choses anciennes en savant homme : je crois bien que, dans le fond, vous ne songez qu'au présent en même temps qu'à l'avenir, et les brûlots d'autrefois vous font penser aux torpilleurs. Étudier l'histoire pour vous, c'est lui demander la lumière pour aller toujours en avant, et ce serait bien peu vous connaître que de vous croire disposé à tourner le dos à votre temps et à renier les nouveautés dues au génie d'un siècle en travail.

Il n'est pas au contraire d'esprit plus ouvert aux idées nouvelles, plus libre que le vôtre. Vous ne craignez pas les progrès, vous les avez toujours recherchés, appelés de vos vœux et encouragés de vos sympathies. Ce n'est peut-être pas sans regret, sans une sorte d'attendrissement que vous avez vu disparaître la marine de votre jeunesse, la marine à voiles, et que vous avez dit à votre tour le mot fatidique : « Nos vieux vaisseaux s'en vont! » Vous ne vous êtes pas moins associé de toute votre intelligence au travail rénovateur de notre temps. Vous avez été un des premiers à pressentir le rôle qu'allait prendre la vapeur dans la marine. Dès 1855 vous présidiez, devant Kinburn, à l'essai des premières batteries flottantes qui venaient d'arriver dans la mer Noire, qui n'étaient que l'ébauche encore informe de la marine cuirassée, et le premier des cuirassés de haute mer, la *Normandie*, c'est vous qui l'avez conduit au delà de l'Atlantique. Vous avez assisté à la naissance de cette marine nouvelle, à cette prodigieuse révolution dans la guerre navale. Vous vous intéressez à tous les détails de cette grande œuvre : mais quels que soient les moteurs imaginés par la science, quelles que soient les formes et la puissance des constructions navales, il y a une chose que vous mettez encore au-dessus de tout, c'est la force des institutions militaires, c'est l'énergie morale de ceux qui auront à faire l'emploi des moyens nouveaux. Que les murs du navire changent, que les cœurs soient toujours d'airain pour les défendre : le reste viendra par surcroît.

Un jour, depuis nos désastres, vous avez laissé tomber de votre plume ces belles et patriotiques paroles : « L'éclipse que nous subissons sera plus ou moins longue, la France est destinée à sortir de cette ombre, et nos enfants auront peine à comprendre nos découragements. Au milieu des amertumes dont nos cœurs débordent, c'est sur l'avenir que je veux fixer les yeux. Cet avenir, nous ne le verrons pas ; mais vous pour qui le ciel, dans ses mystérieux desseins, le prépare, prenez garde qu'il ne vous surprenne. N'imitez pas les vierges folles de l'Évangile, dont les lampes n'avaient plus d'huile quand l'époux arriva : veillez, car qui sait le moment où l'on viendra vous dire : L'heure est proche ! Veillez et conservez soigneusement vos grandes institutions. La marine de demain n'aura rien à envier à la marine d'aujourd'hui. » Vous parlez avec l'émotion du patriote, avec la fermeté prévoyante de l'homme d'expérience. Vous avertissez, vous ne découragez pas. Vous nous faites croire qu'avec de la bonne volonté rien n'est perdu, que la sève des grands hommes de mer n'est point tarie. Nous l'avons cru lorsqu'il y a quelques années à peine nous avons vu passer, à l'horizon lointain, — pour disparaître trop tôt, — la figure virile d'un Courbet, de ce vaillant marin qui a rajeuni le prestige de nos armes dans l'extrême Orient et a fait connaître à la France les premiers sourires d'une gloire renaissante.

Vous avez raison, Monsieur, d'avoir de la confiance. Vous nous dites même dans un de vos livres qu'on vous a quelquefois accusé d'être optimiste, qu'on a un peu raillé ce qu'on nommait vos « robustes espérances ». Ne vous en défendez pas, ces espérances sont votre honneur; nous ne demandons pas mieux que de les partager. Non, la France n'est pas près de s'éclipser, tant qu'elle retrouve au moment voulu des chefs comme Courbet pour faire tressaillir son vieux cœur, tant qu'elle garde des hommes comme vous qui allient les dons de l'esprit à la dignité d'une carrière bien remplie. L'Académie, qui n'est étrangère à aucun des sentiments de la France, est heureuse pour sa part d'honorer votre grand corps dans un serviteur du pays, tel que vous.

Paris. — Typ. Firmin-Didot et Cie, impr. de l'Institut, rue Jacob, 56. — 22539.

www.ingramcontent.com/pod-product-compliance
Lightning Source LLC
LaVergne TN
LVHW012000160826
845678LV00002B/638

* 9 7 8 2 3 2 9 6 8 2 1 2 9 *